句集

巣箱

新井秋沙

本阿弥書店

序

春愁の一塊ならむ駱駝かな

開巻に置かれたこの作品に先ず声をあげた。駱駝の姿、かたち、多分ぼろぼろであっただろう。「春愁の一塊」と把握する感性におどろきを禁じ得ない。動物俳句として感銘しきりである。こうしてはじまる本句集『巣箱』に心躍らせてペンを運ぶことにする。

著者、新井秋沙さんの生まれは長野市、家は農事を生業とした。高校卒業後、長野市役所に勤務。縁あって埼玉県日高市の人と結婚、現在もご当地に在住している。末の子の出産と同時期に脳梗塞にて倒れた母親の自宅介護十年の月日があった。そのかたわら、日高市の地域の自然、歴史、文化を学びたいとの思いをつよく、俳句の道を選ぶ。地域の「雪解」同人、北野凡児に師事したと聞いている。又、文部省認定の硬筆書写検定一級に合格、ペン字の通信添削講師を務めた時期もあったと知る。「雪解」では「座の座賞」を受賞している。種々の時間のない中で身に付けたことが沢山ある秋沙さんである。

どくだみの十字を生きる力とす
竹落葉はがねの上をゆくここち
藤の実の懺悔のごとく垂れてをり

客観写生を唱えるという学びから、自身の感情を抑えずに詠める結社を願望、石田波郷が好きで、波郷系を選んだそうだ。きっかけは、俳人協会「花と緑の俳句大会」の鈴木鷹夫の講演を聞いたこと。感動をつよく覚えたのだ。友人の、当時「門」同人の秋間まさ子さんのご紹介にて「門」に入会された。心情のもろもろを知ると、秋沙さんは「門」に適っている俳人だったと思う。事実そうであることを、誰もが理解する。掲句を見て、なるほどと頷けるのである。三句共、それぞれその折の心のありようが見事に表現されていることに感銘。自然的、観念的、さまざまを又、都会的な文化に憧れを持って作句心を高めたいとの思いをつよく抱くと語る作者、俳人として立派な姿勢である。

曇り空さへまぶしけれ初雲雀
みんなみに赤い月あり青葉木菟
はなびらの如き金魚を飼うてをり

写生的でありながら、心情の何かを言えたとの思いが覗く。一句目〈まぶしけれ〉、二句目〈赤い月〉、三句目〈はなびらの如き〉に作者の心の起伏のようなものが見える。命の措辞であろう。

死なば灰生きてゐしかば榾火かな
寒星は吼ゆる卑弥呼を知つてをり

月に星聖書に栞さくら冷え
着膨れて心の寂をどうしよう
小説を今なら書ける白蛾かな
邯鄲の声を懐紙に包みたし

生きていま、元気だからこその一句目、なぜか痛烈にひびく〈榾火かな〉である。〈卑弥呼〉の句。要を心得ており、読み手の心をえぐるようだ。三句目の着想みごと〈さくら冷え〉がよい。四句目、私も同じ思いだ。五句目〈白蛾かな〉どきりとする季語、秋沙さんなら絶対に書ける小説だ。是が非でもこれから執筆をすすめたい。六句目〈懐紙に包みたし〉小さな生き物に対しての情が、しんみり伝わる。

どの句も読者を吸い込む力があり、言葉の選択が優れておりさすがである。

マネキンの毛皮発光してゐたり

引き算のごとき涼しさ賜りぬ
蚊帳吊つて魚のごとくに沈みをり
太陽のまだつめたくて初音かな
老いといふ時間長者よ蠅叩
杉菜束もて煩悩を払ひけり

どの句も発想、視点、表現が斬新で措辞もなべて裕である。マネキンの句は華やかで都会的。二句目〈引算のごとき涼しさ〉なる程、納得十分。〈蚊帳〉の句は幼い頃の生活を思い出した私だが、〈魚のごとくに沈みをり〉とは私には今もって言い得ていない。巧者だ！〈初音〉の句のしっかり朝の太陽を捉えて大成功であろう。時間長者の句、煩悩の句も捉え方が巧く申し分ない。詩嚢がゆたかである。

綿虫にぶつかつて嗚呼よろめきぬ

石蹴つて秋の夕日に当たりけり

三月十一日海の楔の外れをり

滝壺に水の身投げの美しく

大仏の耳たぶ重し油照り

温かき人らと氷まつりかな

きりがなく佳句を連ねられる。〈綿虫〉の句には、老齢をほとほと把握。〈石蹴つて〉は大胆にも夕日に当たったと述べる。津波の大災害に〈海の楔の外れをり〉滝を詠めば〈水の身投げ美しく〉と。どうしてこんな表現が次つぎに生まれるのか。〈大仏〉〈氷まつり〉人の心を捉えるのが不思議でならない。発想の巧みな作は、ここに抜き切れない。

三月が来てゐる手提げ袋にも

啓蟄や皮膚一枚の下の闇

水湊のひかつて高き志
新しき巣箱が水に映りけり

句集名の『巣箱』の句を最後に記したが、平成二十九年度俳人協会全国大会秀逸賞の作品である。選者の大勢の目に適った秀作である。

新井秋沙さんの詩心の厚さ、斬新性、意欲旺盛なること、評論も高度にまとめあげる力量には、今後更なる期待をするものである。

この『巣箱』に多くの視線を頂けることを切に願いつつ筆を擱く。

平成三十年　青水無月の夜

鈴木　節子

句集　巣箱＊目次

装幀　渡邉聡司

句集　巣箱

炎帝

春愁の一塊ならむ駱駝かな

星空に近く生まれしものの春

雲の間の余寒の星の弾きあふ

癒えてより雪間に屈み見やるもの

人声に節分草の淡くあり

朴の花天に開ける眼のごとし

曇り空さへまぶしけれ初雲雀

春禽の影の生まれる楢林

真つ白く野蒜を洗ふ昼休み

熊谷草群れありひとつ老いてをり

ふるさとの薄闇に春惜しむなり

熱帯魚風にあふられドア閉まる

はなびらの如き金魚を飼うてをり

金魚草パッチワークに倦みてゐる

木雫に始まる夜風夏めけり

片陰を拾ひて旅の街親し

欄干にみながゐるなり草矢射る

汗引きし少年の顔大人めく

亀の子の水に捕まり浮いてをり

日日草ペットサロンは玻璃磨く

炎帝に触れて落ちたる雀かな

生身魂なんでも釘を打ちたまひ

立膝に母の剝きくれ衣被

銀杏の実熟れて将門神社あり

紅葉山そば屋の後ろから登る

ダリの鬚森へ伸びゆく美術展

無花果の熟れたる上を総武線

雀らに猿の腰掛空いてをり

朝寒や遮断機上がり街ひかる

朝月に泡立草の覚めやらず

星影や飼屋に秋蚕充満す

七つ目の檻ふくろふのみな静か

枯銀杏老人が来て見つくしぬ

天日を横に広げて大根干す

朴落葉踏むをためらひ古刹訪ふ

角ごとに盆栽村の冬日影

暁光に土の浮き立つ冬旱

夕べはや拇印のごとく冬の月

うつばり

石塀の冬日に箒立ててあり

竜神の涙とはこの竜の玉

着膨れて心の寂をどうしよう

水鳥の私語に頷きやすくをり

冬枯を一本の杭総べてをり

百年を生きたるやうに暦売

口遊む花いちもんめ暮れかぬる

一人静二人静と離れ咲く

三月十一日海の楔の外れをり

指十本つくし十本洗ひけり

水零さず人をこぼさず春の地球

鯉の影分かれてあまた柳絮飛ぶ

堅香子の花に小さな鬩のこゑ

いまふれしさくらもつともさくらいろ

桃咲くと潤みはじめし甲斐の空

鎌倉といふ地の響き竹の秋

どくだみの十字を生きる力とす

竹落葉はがねの上をゆくここち

金魚草喫煙室の男の眼

秀吉が文や玉解く芭蕉あり

こみあぐるものもてさくらもみぢかな

廃線の草を跨いで墓参せり

踊らずに見てゐる人の闇ありぬ

大藁屋実りの秋を知つてをり

秋蟬を風が次々離しけり

月光を引き摺つてゐる虚心かな

母逝きて干し棹残る星月夜

朝顔の種採る日本画のやうに

吾の思ひ募れば動く冬の鷺

雲払ふ冬満月に遅れざり

笛復習ふためにに通へる冬木立

寒星は吼ゆる卑弥呼を知つてをり

吉祥天に菫の束を持たせたし

父といふ永遠の異性やさくらんぼ

触れて来し蛍袋や眠くなる

耕人をひかりのごとく描き込める

黄金週間竜巻抜けて行きにけり

雨の滲む石の表情昼蛙

小説を今なら書ける白蛾かな

青葦原前世は人を殺めたる

堆く刈草確かなる時間

朝顔市人なつかしきところかな

神々の恋は恐ろし曝書せり

永劫のうつばり夏炉焚きにけり

息吸つて長く吐くこと水の秋

菊月に生れし子の髪匂ひけり

門を出て父と歩みぬ虫時雨

闇に手が当たり炭坑節踊る

寒月に地球の影の差してをり

木枯を描くに墨と少し嘘

早々と柊挿して外出す

落葉松の雪は故郷へ続きけり

放心の声を出しをり春鴉

蕾とも花とも触れむ西行忌

女傘来たり山吹折つてゆく

落羽根のまだ温みある立夏かな

一息に消してしまひぬ蟻地獄

白靴の集まつてゐる象の前

たそがれてゐし蔓竹箒

一日の歯車狂ふ凌霄花

立秋と記せしペンの翳りかな

手のひらに落蟬は種握りをり

鉦叩風の葬と思ひけり

築地塀尽きて月光折れにけり

電柱の後ろが暗しちちろ虫

朔日と思つてをれば法師蟬

ひと茎は閻王のいろ曼珠沙華

邯鄲の声を懐紙に包みたし

鳥雲に

燈下親しははと話してゐるやうな

孤高とはたとへば窓のいぼむしり

稲妻やただ混然と街ありぬ

白樺は眠らぬ木なり霧月夜

初かがみ鎖骨あたりが寂しいぞ

白炎の如く波たつ冬あけぼの

傍らにははのゐるやう雪が降る

角巻の息を豊かに通りけり

通夜の座に侍りてをりぬ受験生

白酒や女盛りは逝くころか

月に星聖書に栞さくら冷え

鳥雲に鷹夫の死後の続きけり

草萌や時の止まつてゐる屋敷

明るい木昏い木のあり涅槃西風

アネモネやうれしい時も泪せり

青銅の破船置きあり夏の雲

夏草の荒ぶる葬ありにけり

ひとときのやうに一日葭簾

老いといふ時間長者よ蝿叩

十薬は内省の花増えてをり

母のなき卯月曇りの生家かな

滝壺に水の身投げの美しく

引き算のごとき涼しさ賜りぬ

蚊帳吊つて魚のごとくに沈みをり

少年に蛍の匂ひ移さるる

吊忍つんと酢の香の立ちたるよ

大仏の耳たぶ重し油照り

炎天を来し吾の影をたたみをり

牡丹苑少し離れて孔雀園

どの家も滴る山を掛けてあり

陰といふ私的空間青嵐

定家かづら遊べあそべと花降らす

栗の花鏡の奥に濃く匂ふ

曇りのち晴れとはよき日瓜の花

知恵ついて胡瓜の曲り始めをり

蛇衣を脱ぐや透明の夜あけ

竹煮草何かに映りたく傾ぐ

夏めくや水陽炎の離さぬ木

蟇そろそろ薬飲む時間

老人といはず楽人涼み船

白靴の鋭く足の組まれをり

机下の足遊んでをりぬ夏季講座

方眼の網戸の向かう畏れたる

地下街の灯る如くに冷蔵庫

ライターの栓が開かない日雷

うすばかげろふ立ち眩みつつ見やるなり

蛇出でてただの輪つかになりたがる

夏蝶や貝殻骨が疼くなり

陶酔の縞でありけり女郎蜘蛛

帯締や青葉に雨の音生まれ

早世の兄に会ひたき箱眼鏡

滝を描く水の動かぬところにて

雪解雫

教会に入つてみたき月夜かな

猫の屍を埋め終りて秋旱

明るくて水引草の縺れをり

秋蝶に測られてゐる棚田かな

下品上品秋風を踏み影を踏み

ゑのころ草恋問答のやうに揺る

ひかりとも影とも八月の樹間

鈴なりの銀杏われを信じをり

貴婦人となりしＳＬ秋桜

金風やさても大きな釘隠し

野分あと夫の大足行きにけり

露草やひとりのための青信号

文月や夜空のどこか明るくて

戦争を知らぬ罪あり月仰ぐ

足伸ばしきつて月光やはらかし

責めるなら蒲の穂絮になりませう

白髪になつてゐるなり夕野分

公園といひ秋光を匂はする

実柘榴や父に好かれるやうに生き

十月や乾きし橋の懸りたる

母と子や冬萌の野の明るさに

水鳥は日おもてが好き老人も

白菊のひとつは思ひ詰めし色

綿虫にぶつかつて嗚呼よろめきぬ

朝市の雪解雫に打たれけり

列長し春の新作菓子売り場

鷹鳩と化しては象のたたら踏む

春昼のみみづく貌をたたみをり

みんなみに赤い月あり青葉木菟

雨音の挽歌となりぬ濃紫陽花

早苗田の続きに家の灯りかな

滝壺を覗いてきたる満腹感

カウベルの響いて来たる秋時雨

藤の実の懺悔のごとく垂れてをり

正確に採決される豊の秋

一舟に秋の整ふ榛名かな

やはらかきものに触れゐて冬隣

鵙日和水は流るること忘れ

死なば灰生きてゐしかば榾火かな

寒林に入るよりふいに父のこと

垂直に歳月のある冬木かな

少しづつ闇の逃げゆく軒氷柱

櫛投げて男に当たる虎落笛

冬茜麻酔の舌で人を呼ぶ

さざなみを立てて入る湯や桜の夜

花満ちて一鳥天に弾かるる

残雪の嶺の迫りて給油せり

鷹化して鳩となる日の竹箒

一片の雲の麗し蝶生まる

はこべらや踏み入りし野の浅からず

先々の約束少し牡丹の芽

手鏡の俄かに曇るシクラメン

太陽のまだつめたくて初音かな

飲食の跡清明の一樹あり

紫木蓮鴉を飼つてゐるやうな

杉菜束もて煩悩を払ひけり

蒼白き詩片こぼして鶴帰る

草の露

縄文の夢を見て来し蕗の薹

薄氷は水の遊びや西行忌

青空や朴の花より来る運気

葉桜の蔭のポストへ手を入れる

籠鳥に口笛返す遅日かな

たんぽぽの絮毛を吹いて否といふ

清潔な利害関係風信子

囀りを残して雲へまぎれたり

白熱の談義魚氷に上がりけり

心にも鳥帰る日の天袋

風棲むと古草なほも勢ひあり

紅椿あやふい橋を渡るなり

体育館の白線上に坐して夏至

捩花のぎゆつと初心に帰りけり

箱庭の夕暮に吾も入りゆく

同じつめたさ紫陽花と魚の口

大辞林はらわたはもう夏である

避暑めける屋上なんでもしてみたり

結末は情死がよかり金魚玉

キリストも太陽の子よ青蜥蜴

行くところけふもあるらし生身魂

白秋の一点に落つ雫かな

淡々と昼月簾外さねば

石蹴つて秋の夕日に当たりけり

マネキンの毛皮発光してゐたり

裏山は胸板のやう十二月

極月のなんとなく白湯嚙んでをり

仕舞湯の柚子を搾つてゐるところ

瞑目の木菟を硬派と思ひけり

鏡中に解け始むなり霜の家

雪掻きに見知らぬ一人空晴るる

竹馬で歩けばこの世おもしろき

春隣指人形のゆび余り

春の水に映れる我の遺影めく

西へ行くさらに西へと代田かな

開きある仏教歳時記蝶生まる

夏霧の芯ある如く動きけり

黴びつしり残りチーズの自己主張

つぶやきの水影となる白日傘

夏が逝く私雨と思ひけり

太陽の衰へ始む酔芙蓉

菊の日の水の上ゆくはぐれ鳥

一川に明日のありけり烏瓜

虫の声竜笛となる夜道かな

筆立てに冬夕焼の匂ひかな

序破急のこころに雪の降りにけり

雪折れの竹のさやぎを私す

川に月浮かんでをりぬ初昔

拳玉のこつんと止まる春隣

春立つと思ふほのかな水の味

古草にかすかな風の温みかな

餅花のひかりと影や影の濃し

啓蟄や皮膚一枚の下の闇

改札に重なつてくる花衣

筏の音聞こえくるやう金鳳花

新しき巣箱が水に映りけり

兄黒々姉あかあかと種を蒔く

たんぽぽの絮の半分ほど飛べり

青空が寂しがりたる葱坊主

台詞なき役の如くにかぎろひぬ

切れさうな水平線や夏帽子

覚え無き罪に服しぬ水中花

老人が裸子となる梯子かな

関帝廟涼しきところありにけり

前山の窓に大きく秋澄めり

草の露雁の涙と申すべき

馬の眼に空のありけり草の絮

藁塚に手を差し入るる母の恩

落葉踏む父母亡きことに慣れるやう

ことごとく枯木何かが変はりさう

朝のひかりに枯蟷螂のららとゐる

去り際の言葉は短か笹鳴きす

少年が竹を撓はせ少女の冬

私に角あらばその花八つ手

水涙のひかつて高き志

歳晩の閻魔大王に会釈

元日のしづけさに枝張つてをり

伝統が正座してゐる三ヶ日

初泉こぶし沈めてひらきけり

鶏が鳴いてくれをり女正月

裸木にひやりと鳥の来てゐたる

深落葉ならころんでも孕んでも

耳元に風の重たし冬木立

温かき人らと氷まつりかな

昼過ぎの電車が通る軒氷柱

雪だるま遊び疲れの二つかな

白梅やきのふ通りしけふの道
三月が来てゐる手提げ袋にも

あとがき

『巣箱』は、第一句集です。平成二年から平成三十年三月までの句をまとめました。句集名は、俳人協会第五十六回全国俳句大会秀逸賞を頂いた、

新しき巣箱が水に映りけり

から採りました。小学校の新入生が掛ける巣箱ですが、写生を基にした心の景です。

振り返りますと、三十代半ばに子育てと母の介護が重なり先の見えない状況の中、自分の本当に好きな時間を持たなければという思いで俳句を始めました。二年間の初学講座のあと平成二年に「雪解」に入門し、井沢正江、茂恵一郎

両師より、写生に拠る俳句を学びました。

平成十九年、「門」に移りました。師・鈴木鷹夫、節子より伝統を踏まえた、新しさを教えて頂き、その教えを基に、情と景のバランスということを考えるようになりました。

俳句に出会い、芯から自分を愛せるようになりました。母の介護を一緒に担ってくれ、その後の私を理解してくれている家族に感謝しています。

「門」の仲間の方々からは、いつも力を頂いてきました。

鈴木節子先生には、身に余る序文を頂き心より感謝申しあげます。

本句集の準備の段階では、長浜勤様に助言を頂き深く御礼申しあげます。

句集刊行に当たりましては、本阿弥書店の黒部隆洋様に大変お世話になりました。ありがとうございました。

平成三十年六月十日

新井　秋沙

カバー写真

浜田憲一　飯能市在住

平成三十年五月十七日　日高市巾着田にて撮影

著者略歴

新井秋沙（あらい・あきさ）

1950年　長野県生まれ
1990年　「雪解」入門　井沢正江・茂惠一郎に師事
2005年　「雪解」座の座賞受賞
2007年　「門」入門　鈴木鷹夫・節子に師事
2017年　第56回全国俳句大会秀逸賞受賞
「門」同人　俳人協会会員

住所
〒350-1251　埼玉県日高市高麗本郷745

句集　巣箱《すばこ》

2018年8月10日　発行

定　価：本体2800円（税別）

著　者　新井秋沙

発行者　奥田洋子

発行所　本阿弥《ほんあみ》書店
東京都千代田区神田猿楽町2-1-8 三恵ビル　〒101-0064
電話　03(3294)7068㈹　　振替　00100-5-164430

印　刷　熊谷印刷＋宣広社印刷

製　本　ブロケード

ISBN978-4-7768-1380-4（3096）　Printed in Japan